ÉTIENNE MARCEL

ET LA

RÉVOLUTION DE 1356-1358

PAR

G. DU FRESNE DE BEAUCOURT.

Extrait de la *Revue indépendante*.

PARIS

NOVEMBRE 1862.

ÉTIENNE MARCEL

ET

LA RÉVOLUTION DE 1356-1358.

———◦◦◉◦◦———

M. Perrens nous apprend que c'est sur les instances de M. Augustin Thierry qu'il a entrepris l'étude de la période agitée de notre histoire où se détache la figure d'Etienne Marcel. « J'aurais sagement fait peut-être, ajoute-t-il, de décliner le périlleux honneur d'une si haute confiance. » Ce scrupule ne semble pas avoir été durable, car, arrivé au terme de son œuvre, l'auteur constate qu'il a pu mieux faire que ses devanciers, lesquels n'ont appliqué à l'étude des textes qu'une critique toute extérieure, et, « dans la paix menaçante où le pouvoir absolu les fit vivre, n'eurent ni l'expérience des révolutions, ni l'amour de la liberté. » Pourtant, il ne faudrait pas donner à l'illustre patronage invoqué par M. Perrens une portée qu'il n'a pas. Si nous savons, grâce aux confidences de l'auteur, que, débutant dans sa carrière de biographe de Marcel, « il s'acheminait le soir, la tête pleine de ses recherches et des réflexions qu'elles lui avaient inspirées, vers le petit hôtel de la rue du Montparnasse, et qu'entre une sonate de Beethoven et une symphonie de Mozart, il soumettait à l'historien *dilettante* ses doutes, ses conjectures, le plan *provisoire* et les conclusions *probables* de son travail, » nous savons aussi « qu'Augustin Thierry n'a rien connu du livre aujourd'hui offert au public. » A M. Perrens donc toute la responsabilité de son œuvre! Aussi bien, entre les accords harmonieux dont il nous fait entendre les lointains échos et les notes criardes et souvent discordantes qui viennent assourdir nos oreilles, il nous paraît y avoir un abîme.

Quelle est la condition posée par l'auteur d'*Etienne Marcel*, l'obligation qu'il s'est imposée dans sa tâche d'historien? — L'impartialité : « Il n'y a pas de meilleure manière de juger les événements de l'histoire que d'en faire le récit impartial » (p. 357). Je n'aurai garde de contredire M. Perrens; mais j'ai le droit de rechercher tout d'abord s'il a été fidèle au rôle qu'il s'est assigné. Or, dès le seuil du livre, je sais à quoi m'en tenir sur cette impartialité. Une des gloires de la France est, sans contredit, d'avoir, pendant huit siècles, possédé une dynastie vraiment nationale, admirablement appropriée à ses instincts, à ses intérêts, à son génie. Tandis qu'autour de nous des prétentions rivales déchiraient les états ou les soumettaient à des jougs odieux, nous dressions fièrement la tête, et, au sein d'une harmonie qu'aucun changement dynastique ne troublait, nous marchions glorieusement à nos destinées, en conquérant une prépondérance qui ne nous sera jamais disputée. Veut-on savoir comment M. Perrens envisage ce passé qui est toute notre histoire ? « L'histoire de nos rois n'est le plus souvent qu'une longue suite de conjurations contre leurs sujets... La royauté a toujours des intérêts particuliers qui diffèrent de ceux de la nation et qui lui sont quelquefois contraires... ; pour elle, la France est une propriété privée dont elle ne doit compte à personne... Sans le génie français, nos rois n'eussent rien fait, et il eut suffi sans eux pour tout faire » (p. 11, 364, 372, 377). Enfin, M. Perrens résume tout notre passé monarchique dans la phrase suivante : « La lamentable histoire de ces temps durant lesquels s'accomplit cette grande déviation qu'on appelle la loi de nos annales » (p. 377).

Nous nous croyions fondés à croire que la liberté avait fleuri sur notre sol, et que, dans ses éclipses momentanées, nous pouvons avec consolation la retrouver dans un passé présage d'un meilleur avenir. Avec Mme de Stael, nous pensions qu'en France c'est la liberté qui est ancienne et le despotisme qui est moderne. Telle n'est pas l'opinion de M. Perrens, qui partout ne voit que l'absolutisme : « Nos pères ont gémi sous plusieurs siècles de despotisme » (p. 36, 376). « Royauté et despotisme sont synonymes » (p. 374). « Par nos efforts pour reconquérir la liberté, loin de paraître infidèles à la loi de notre histoire, nous renouons la chaîne des temps, violemment brisée par le despotisme de nos rois » (p. 376).

C'est donc entendu ! L'arrêt est prononcé : il faut biffer d'un trait de plume toutes les gloires de la France. Philippe-Auguste, saint Louis, Charles VII, Henri IV, Louis XIV, vous n'êtes que des parasites ! En vain, après avoir constitué et magnifiquement doté la France, l'avez-vous développée, fortifiée, agrandie, sauvée parfois ; en vain vous doit-elle ses institutions ; en vain l'un de vous a-t-il voulu lui assurer ce *self-government* à peine conquis de nos jours ! Grandeurs inutiles, fausses gloires qui, loin de nous rehausser, pèsent sur nous d'un éclat importun !

Ce n'est point ainsi que l'entendait celui que vous appelez votre illustre maître. Celui-là n'était pas, que je sache, serviteur des antiques royautés ou partisan de l'absolutisme, et cela ne l'empêchait pas de reconnaître que, « de l'avènement de Louis-le-Gros à la mort de Louis XIV, chaque époque décisive dans le progrès des classes de la roture , en liberté , en bien-être, en lumières, en importance sociale, correspond, dans la série des règnes , au nom d'un grand roi ou d'un grand ministre. » (1)

Voilà la vraie impartialité ! Après avoir montré quelle est celle de M. Perrens , je puis entrer en matière.

M. Perrens s'est épris d'une admiration passionnée pour la révolution de 1356 et ses auteurs. « Ceux qui voulaient, dit-il, retirer la France de l'abîme où les Valois l'avaient jetée étaient sincères, d'un esprit élevé et d'un cœur magnanime : la cause était juste et noble, les réformes excellentes » (p. 369). C'est la glorification du mouvement révolutionnaire qui aboutit à l'abandon des destinées de la France entre les mains de Charles-le-Mauvais; c'est l'apothéose d'Etienne Marcel, de Robert-le-Coq, de Charles Toussac, de « ces grands citoyens dont il faut venger la mémoire, » qu'entreprend l'auteur. Et, par contre, c'est un réquisitoire contre la royauté de ces Valois dont la « folie » ne pouvait produire « que des fautes et des crimes » (p. 355-356); de ce Jean-le-Bon à qui sont prodiguées les épithètes d'*incapable*, d'*ignorant*, de *borné*, de *furieux*, de *menteur*, d'*entêté*, de *colère*, de *violent*, de *perfide* (2); de ce Charles-le-Sage, représenté comme débauché, lâche, faux, avare, cruel, fauteur d'assassinats, comme versant froidement le sang et se complaisant à la vue du supplice de ses ennemis (3). Enfin, pour couronner ces insultes au bon sens et à l'histoire, M. Perrens tente la réhabilitation de Charles-le-Mauvais, ce prince que M. de Châteaubriand a appelé « le troisième fléau de sa patrie, » et que M. Michelet a stigmatisé du nom de « démon de la France. »

Si M. Perrens se bornait à applaudir au mouvement qui signala cette époque, et dont il faut placer la date à 1355, 89 d'un autre 93 qui emporta dans son torrent réformes et libertés, je ne pourrais que partager son approbation et ses regrets. « Quel magnifique résultat et quel progrès pour la France si le gouvernement de la nation par elle-même y eût prévalu dans le même temps qu'il s'établissait en Angleterre ! » Sans doute. Mais qu'eût-il fallu pour cela? Que la révolution pacifiquement accomplie par les Etats-Généraux de 1355 ne fût pas compromise par des exigences turbulentes et des menées séditieuses; que la belle ordonnance du 28 décembre, que Lally-Tolendal appelait la *grande Charte des Français*, restât la loi de la France, désormais en possession « des garanties modernes dont se compose le régime de la monarchie constitutionnelle » (4). C'est là ce que ne com-

---

(1) *Essai sur l'hist. de la formation et des progrès du Tiers-Etat*, préf., p. IX.

(2) Voyez p. 12 , 13 , 27 , 44 , 61 , 70 , 80 , 86 , etc. , etc.

(3) P. 25 , 77 , 83 , 114 , 127 , 265 , 308 , 324 , etc.

(4) Augustin Thierry , *l. c.*, p. 35.

prend pas M. Perrens. Avec Étienne Marcel, avec Charles-le-Mauvais, le mouvement entra en 1356 dans une voie violente; l'autorité elle-même fut attaquée et non plus seulement ses abus; on voulut couronner un édifice dont on ébranlait la base : l'anarchie fut l'inévitable conséquence d'une tentative aussi imprudente que coupable.

M. Perrens apporte à l'étude de l'histoire une double disposition également funeste. Là où le silence des chroniqueurs, où l'absence des textes laissent dans l'ombre certains faits, il remplit la lacune par des conjectures où l'imagination a plus de place que la raison. D'autre part, il est toujours sous l'empire d'une ardente préoccupation : appliquer au passé les idées modernes et prêter aux réformateurs de 1356 les maximes du régime constitutionnel.

J'ai constaté les justes éloges donnés par M. Perrens au mouvement de 1355 : « Le XIXe siècle, dit-il, si fier pourtant de ses conquêtes politiques, ne possède encore qu'une faible partie de ces admirables garanties.... Il faut garder un culte pieux pour tant de modération, de sens et d'efforts magnanimes. » Je pourrais bien, suivant l'exemple de M. Augustin Thierry, faire quelques réserves en ce qui concerne la patrie utopique des réformes du 28 décembre; mais je néglige ce point. Je demanderai seulement à M. Perrens sur quelle autorité il affirme que, « par un vague sentiment de l'ascendant qu'ils y prendraient, les députés se rendirent en grand nombre aux États, » quand M. de Sismondi, dont l'auteur ne récusera pas sans doute le témoignage, dit expressément qu'on « ne sait pas quel fut le nombre des prélats, des députés des chapitres, des barons et des bonnes villes; » comment il admet sans hésitation que les députés de ces États délibérèrent *ensemble*, c'est-à-dire sans distinction d'ordres, quand la question est au moins douteuse (1); enfin, je lui reprocherai de signaler — d'après M. Henri Martin évidemment, mais sans autres preuves, — une lutte entre les députés du tiers et les députés du clergé et de la noblesse, et de s'être approprié des conjectures gratuitement formulées par M. de Sismondi (2). M. Perrens convient au moins qu'on ne sait quelle fut la part prise par son héros aux délibérations des États; mais il tient à reconnaître dans les actes

----

(1) Secousse remarque en effet que le mot *ensemble*, est équivoque. « Et deliberacion requistrent de parler *ensemble*, » dit le chroniqueur P. d'Orgemont; ce qui semble indiquer simplement qu'ils se concertèrent chacun de leur côté. M. H. Martin écrit : « *Il semblerait* qu'ils délibérèrent en commun; » M. Aug. Thierry : « A ce qu'il paraît. » M. Perrens, lui, tranche la question. Il est formellement contredit par M. Isambert, qui, dans les annotations du *Recueil des anciennes lois françaises* (t. IV, p. 739), dit que les États délibérèrent séparément.

(2) Le texte de l'ordonnance parle du « commun accord et consentement. » M. H. Martin, dans une note, dit, sans invoquer aucune preuve, « qu'il est probable qu'un certain nombre de députés protestèrent contre le vote des deux impôts » (t. V, p. 139). Pour M. de Sismondi, cf. M. Perrens, p. 29 et 30, avec le t. X de cet historien, p. 445.

de l'assemblée les idées de Marcel et la marque de son influence. Je renverrai ici l'auteur à M. Michelet : « Voter et recevoir l'impôt, dit cet historien (qui n'est plus aujourd'hui, hélas! qu'un romancier) (1), c'est régner. Personne alors ne sentit la portée de cette demande hardie des Etats, *pas même probablement Marcel, le fameux prévôt des marchands.* »

M. Perrens n'est guère mieux fondé à nous parler des « patriotiques projets » de Marcel en octobre 1356 (p. 82). Lui-même constate (p. 89) « qu'il est douteux qu'à cette époque ses plans fussent arrêtés. » Ce qui est constant, c'est que déjà Marcel voulait battre en brêche l'autorité royale. Du sein de cette commission des Quatre-Vingts qui avait juré « d'aviser et pourveoir loyalement à leurs trois Estatz rapporter à l'honneur de Dieu et au profit du roy, de la couronne et de la chose publique, » il ne sortit qu'une accusation contre les conseillers du dauphin, prétexte à l'aide duquel les meneurs voulaient s'emparer du gouvernement. Pour tout observateur impartial, cette assemblée « plus jalouse du bien de la France que de conserver ou d'accroître les prérogatives de la couronne, » n'est qu'une réunion de factieux sacrifiant les véritables intérêts de la nation à une coupable ambition ou à des prétentions sans mesure. A côté du témoignage du vieux Pasquier, qui qualifie de *hagardes* les propositions des Etats, je placerai ceux d'Augustin Thierry, parlant de « leur ardeur qui tenait de l'entraînement révolutionnaire, » et de M. Michelet qui, justifiant la résistance du pouvoir, dit avec beaucoup de sens que « le dauphin n'étant pas roi ne pouvait guère mettre ainsi la royauté entre les mains des Etats. » M. Perrens prétend donc à tort (p. 116) que « ce n'était pas le pouvoir suprême qu'on attaquait, mais l'usage qu'on en faisait. » Ne constate-t-il pas ailleurs (p. 102), avec cet aplomb dans des affirmations contradictoires dont nous verrons plus d'un exemple, que « la nation prenait possession d'elle-même, et ne conservait guère de la monarchie que le nom » ?

Nous nous retrouvons ici aux prises avec la brillante imagination de M. Perrens. Il peint d'un trait hardi le sire de Hangest entrant, au nom du dauphin, dans la salle des Etats pour leur signifier l'ordre de se disperser, et se retirant en toute hâte, « pour ne point entendre les récriminations des mécontents et n'avoir point à y répondre. » Ne vous semble-t-il pas assister à la fameuse scène (bien embellie d'ailleurs) (2) du marquis de Brézé, et ne croyez-vous pas voir se lever quelque Mirabeau du temps, Charles Toussac, par exemple, pour foudroyer d'une éloquente apostrophe le téméraire agent des volontés du dauphin?

---

(1) On sait que l'*Histoire de France*, en 6 volumes, de M. Michelet, remonte à plus de vingt ans.

(2) V. le discours du marquis de Brézé à la Chambre des Pairs, 9 mars 1833.

Charles prorogea , en effet, la réunion, mais par une simple convocation des meneurs , qui se rendirent près de lui. Peu de jours après , il congédiait les Etats. Cet ajournement, suivi de la clôture de l'assemblée , excite la fureur du bouillant écrivain. Il regrette que le serment du Jeu de paume n'ait pas suivi l'*outrage* infligé à la *majesté nationale* : « Il aurait fallu passer outre et prendre des mesures propres à déjouer les artifices du dauphin. » Les Quatre-Vingts *passèrent outre* , en effet, puisqu'ils tinrent, le lendemain de la clôture, une réunion qualifiée par l'auteur d'*irrégulière* , d'*illégale*. « Mais, ajoute-t-il, quelle mesure révolutionnaire fut plus légitime? » Nous sommes déjà loin , on le voit, du mouvement de décembre 1355. La réforme a fait place à la révolution.

A la première tentative de résistance faite par le dauphin succède une période de faiblesse et de troubles. En revenant de Metz , où il s'était rencontré avec l'empereur son oncle , le jeune prince trouve Marcel en possession d'une prépondérance qu'il n'ose plus lui disputer. A la suite d'une altercation avec le dauphin, le prévôt des marchands ordonne aux Parisiens de s'armer, arrachant ainsi violemment au pouvoir les concessions désirées. « L'*émeute* parisienne , dit à ce propos M. H. Martin, conquit ce qui avait été refusé à l'intervention régulière des Etats-Généraux, et la révolution reprit son cours sous de bien sombres auspices. » M. Perrens regrette sans doute que « l'*émeute* ait emporté ce que les Etats n'avaient pu obtenir ; » mais, selon lui, le tort en doit être imputé au prince et non au peuple , « qui triompha du mauvais vouloir du dauphin par une résistance qui d'ailleurs ne fut pas violente et qui n'était que le *rigoureux exercice d'un droit*. »

Les Etats se réunirent aussitôt. Marcel dut être désappointé du nombre restreint des députés, de l'absence des nobles et de la résistance qu'il trouva dans une partie des membres du tiers, qui « ne comprenaient pas que la bourgeoisie parisienne, en proposant de grandes réformes, usait du droit que lui donnaient des lumières supérieures. » Mais, suivant la remarque de M. H. Martin , « les Etats regagnèrent en énergie ce qu'ils avaient perdu en nombre. » Cette « mémorable assemblée » montra un admirable » esprit de suite et de fermeté, » et son « action légitime » s'exerça avec une puissance irrésistible. Que firent donc ces Etats dont les chefs « n'avaient de pensées que pour le bien public, » et « sacrifiaient leur amour-propre et *même la justice* au désir de la concorde » (p. 122-124)? Ils eurent la magnanimité de ne pas exiger la délivrance du roi de Navarre, alors prisonnier, et de se borner à profiter de la faiblesse du dauphin pour ruiner son pouvoir, et ajouter aux sept officiers royaux désignés en octobre 1356 quinze autres noms de *suspects*, qu'on priva de leurs emplois sans attendre un jugement. M. Perrens , qui parlait tout-à-l'heure de « désir de concorde, » convient qu'il y eut ici « au moins imprudence, » et que les Etats « firent preuve d'une sévérité qui ressemble à de l'injustice. » « Mais, ajoute-t-il, la modération dans les rigueurs politiques est un *fruit tardif des révolutions.* » Des délibérations des Etats sortit une ordonnance rendue au nom du dauphin et appelée à tort la *grande Ordonnance,* car il faut laisser ce nom à l'ordonnance du 28 décembre, dont celle du 3 mars n'est qu'une mauvaise copie. Loin de voir dans cette ordonnance, avec l'auteur d'*Etienne Marcel,* « une sûreté de jugement, une profondeur de vues qui, selon lui, arrachent des éloges aux historiens les plus hostiles, » j'y trouve une fièvre révolutionnaire qui compromettait les réformes de 1355 et mêlait à l'or presque pur de la *grande Charte des Français* un déplorable alliage. La souveraineté des Etats se substituait à l'autorité royale. La représentation populaire (ou plutôt la bourgeoisie parisienne) régnait désormais : le roi n'était plus que le chef du pouvoir exécutif, une sorte de président de république (1).

Ce ne sont pas seulement les historiens hostiles, comme parle M. Perrens, qui condamnent la révolution qu'il célèbre. Des écrivains dont il ne récusera pas le témoignage, puisqu'ils sortent des mêmes rangs que lui, considérant ces événements avec le sang-froid de l'histoire, ont prononcé l'arrêt : « Il y avait à parier, dit l'un, que la France périrait dans ce revirement » (2). « Cette lutte entre la royauté et la bourgeoisie, dit un autre, avait engendré l'anarchie » (3). Je puis donc conclure avec MM. Hubault et Marguerin (4) que « Marcel entraîna les Etats à imposer au dauphin des mesures violentes qui rendaient impossible tout accord entre la royauté et la bourgeoisie. »

M. Perrens dira-t-il encore : « Les chefs des Etats n'avaient de pensées que pour le bien public? »

En se séparant, les Etats déléguèrent leur autorité à une commission de trente-quatre membres, dont l'origine remonte à l'assemblée d'octobre 1356. L'institution de cette commission figure, en effet, au nombre des vœux émis par les Quatre-Vingts ; mais — malgré l'assertion contraire de M. Perrens, si grand admirateur des desseins utopistes des « Outrecuidez » de 1356 qu'il réalise à l'avance leurs vœux, — elle resta à l'état de projet et

---

(1) Je trouve la même observation dans M. Michelet : « Cette grande ordonnance de 1357 que le dauphin fut obligé de signer était bien plus qu'une réforme. Elle changeait d'un coup le gouvernement. Elle mettait l'administration entre les mains des Etats, *substituait la république à la monarchie.* Elle donnait le gouvernement au peuple, lorsqu'il n'y avait pas encore de peuple. » (T. III, p. 379.)

(2) Michelet, *l. c.*

(3) Théophile Lavallée, t. II, p. 38.

(4) Auteur d'un abrégé d'histoire (1 v. in-12, 1852), écrit dans un esprit éclairé et sagement libéral.

ne fut constituée qu'en mars 1357. Je n'ai pas à caractériser cette période ; l'auteur d'*Etienne Marcel* s'est chargé de ce soin : « Cette commission, dit-il, inspirait la TERREUR par son énergie. » C'est donc le régime de la TERREUR qui s'établit, et l'abbé de Mably ne saurait être taxé d'exagération lorsqu'il parle de la *monstrueuse anarchie* qui régna alors. En vain le dauphin, s'appuyant sur un ordre du roi Jean, voulut arrêter le torrent : il dut s'abandonner à ce courant impétueux dont il sortit plus tard meurtri sans doute, mais avec une expérience et une sagesse mûries par l'épreuve et qui nous valurent un grand règne.

Ici se présente un curieux spectacle. L'antagonisme éclate entre la France et Paris : la France reste fidèle à la royauté et s'arrête sur la pente où l'on veut l'entraîner ; Paris, désavoué par le royaume, réduit à ses seules forces, poursuit sa marche audacieuse et insensée. Ce n'en fut pas moins, observe M. Perrens, « un coup terrible pour les hommes généreux qui avaient rêvé d'affranchir leur pays ; mais leurs âmes vigoureuses n'étaient pas prêtes encore pour le découragement. » Les Etats se réunirent de nouveau en avril et en juillet. Paris, menacé par la réaction monarchique qui éclatait au dehors, prit l'aspect d'une ville en état de siége. Des trente-quatre commissaires institués quelques mois auparavant, il ne resta que les factieux Parisiens, secondés par les évêques de Laon et de Paris et le sire de Picquigny, seuls représentants des ordres privilégiés : les Trente-Quatre étaient réduits de moitié.

Comme on le vit plus tard, lorsqu'à l'enivrement de 1789 succédèrent les sombres jours de 1791, des hommes engagés d'abord dans le mouvement s'en retirèrent, et vinrent prêter au jeune dauphin le secours de leurs conseils et de leurs lumières. Charles, se sentant soutenu par la France entière, releva la tête et signifia à la bourgeoisie parisienne qu'il entendait gouverner sans elle. Cette énergie désarçonna les meneurs, et l'un d'eux, Robert Le Coq, évêque de Laon, s'éloigna et retourna dans son diocèse. Le dauphin, après son coup d'autorité, avait quitté Paris ; la nécessité l'y ramena bientôt et le livra de nouveau à ses ennemis. M. Perrens explique ainsi ce revirement : « Marcel avait *laissé partir* le jeune duc, sachant bien qu'avant peu de temps la famine le lui ramènerait pieds et poings liés. Il n'usa de ce triomphe qu'avec une modération extrême dont tous ses actes ultérieurs confirment la sincérité. » Or, voici par quels actes se signala cette *modération* : On exigea du dauphin le rappel de l'évêque de Laon, l'un des plus fanatiques champions de la révolution ; on viola la promesse faite de ne point réclamer la mise en liberté du roi de Navarre ; on contraignit le jeune prince à subir toutes les volontés de Marcel et de ses amis. Les Etats s'assemblent, sur une convocation adressée au nom de Marcel aussi bien qu'au nom du dauphin ; Charles-le-Mauvais entre triomphalement dans Paris ; le dauphin n'est plus qu'un vain jouet aux mains d'un formidable triumvirat composé de Marcel, de Le Coq et du Navarrais. La série des humiliations n'est point encore épuisée. Marcel ordonne à celui auquel il a juré d'obéir : « Il convient qu'il soit ainsi, » tel est le langage « du grand citoyen. » « Pour sauver l'œuvre de la bourgeoisie et la France même, qu'un gouver- » nement inerte laissait périr, il fallait l'énergie d'un héros, l'âme d'un » citoyen, la tête d'un politique : Etienne Marcel ne recula point. Il était à » la hauteur de sa tâche » (p. 165). Il donne à la révolution un signe de ralliement, fonde, sous l'invocation de Notre-Dame, une confrérie, « *en ce temps-là* refuge de l'égalité qu'on proscrivait ailleurs » (p. 181), et convoque à diverses reprises ces Etats qu'il assemblait — c'est M. Perrens qui le constate — beaucoup moins pour exécuter leurs volontés que pour leur faire adopter les siennes (p. 198). Par malheur, les Etats, composés pourtant presque exclusivement de députés du tiers dévoués au prévôt, « après avoir tant protesté contre les remaniements des monnaies, se virent obligés d'y recourir à leur tour, et par là justifièrent tout ce qui avait été fait contre eux. » Cette conduite arrache à M. Perrens un douloureux gémissement, et il est difficile de ne pas le plaindre de voir ainsi s'évanouir ses plus chères illusions : « Les Etats se séparèrent ensuite et s'ajournèrent au 11 février suivant. Il serait à souhaiter qu'ils ne se fussent pas réunis pour cette session, car ils avaient porté un coup terrible à la cause qu'ils étaient venus soutenir : ce n'était guère la peine de combattre le pouvoir royal et de le soumettre à la bourgeoisie, au prix d'agitations extrêmes, si l'on ne devait pas gouverner autrement et mieux que lui. » La session fut tenue cependant, et M. Perrens veut en tirer parti pour prouver l'hostilité des nobles à l'égard des réformes. Or, ces nobles, contre les actes desquels se déchaîne l'auteur, étaient absents : Secousse, après Pierre d'Orgemont, dit formellement : « Il ne vint aucun noble. » L'échafaudage de M. Perrens s'écroule de lui-même.

Mais voici qui va le mettre dans un cruel embarras. « L'illustre chef de la bourgeoisie parisienne, » dans son inaltérable « modération, » avait longtemps reculé devant un parti énergique qui arrachât le dauphin à son « lâche repos. » Pressé de « prendre des mesures, » taxé hautement de « faiblesse, » il cède enfin à la force des choses. Deux conseillers du prince, désignés à la vindicte publique par des accusations « nécessairement un peu vagues » (je cite M. Perrens), sont assassinés en sa présence. « Quand un parti considérable, dit l'auteur, exige impérieusement de tels sacrifices, il faut, ou céder à sa volonté, ou renoncer à le conduire. » Mais ce meurtre était-il aussi *impérieusement exigé ?* Marcel subissait-il réellement les sanguinaires caprices de la multitude ? Voici la réponse : « C'était lui, c'étaient Charles Toussac, Jean de l'Isle, etc., qui avaient répandu dans la ville ce qu'ils avaient vu au palais et *révélé* l'autorité tyrannique qu'y exerçaient les maréchaux. Ils ne pouvaient que se faire les ministres d'une colère *qu'ils avaient soulevée.* » Quel est l'historien qui vient infliger un démenti à M. Perrens et prouver que Marcel fut non-seulement l'ordonnateur, mais l'instigateur du meurtre? C'est M. Perrens lui-même. Voilà donc le héros de modération convaincu d'un crime. Le fait est trop patent pour être contesté; l'avocat aux abois aura recours aux circonstances atténuantes. « Ce double meurtre est, aux yeux de la postérité, le crime de cet homme extraordinaire, et l'on ne saurait nier qu'il ternit sa gloire. Supérieur par les talents à la plupart de ses contemporains, il ne fut dans cette circonstance que leur égal par le caractère.... Jean-le-Bon, Charles-le-Mauvais, Charles-le-Sage versèrent le sang pour satisfaire d'injustes ou de frivoles rancunes, quelquefois pour venger d'imaginaires outrages; on peut dire du moins qu'Etienne Marcel n'avait d'autre objet que d'assurer le *salut public* (on voit que nous sommes toujours sous la *Terreur*). L'histoire peut condamner avec énergie les coupables moyens qu'employa Marcel pour défendre sa cause et lui-même, mais à la condition de reconnaître que Charles-le-Sage se montra *bien plus cruel* quand il n'eut plus rien à craindre, et de ne pas être moins sévère pour les vengeances royales que pour les vengeances populaires. »

Après ce premier et unique faux pas, ce *hors-d'œuvre* révolutionnaire, Marcel rentre dans son « habile et sage politique. » Le dictateur, dont le terrible pouvoir est désormais sans partage, fait donner au dauphin le vain titre de régent. M. Perrens veut « qu'en donnant au fils du roi Jean plus de pouvoir qu'il n'en eût osé demander, Marcel cédât à la nécessité. » Je croirais plutôt (avec M. Perrens lui-même) qu'il trouvait commode de gouverner sous le nom du jeune prince et de « se servir du pouvoir établi pour conjurer l'anarchie et couvrir ses propres projets. » Quoi qu'il en soit, Marcel est seul maître. Le *régent* épuise le calice des amertumes et des ignominies, revêt les livrées de la révolution, admet dans son conseil les meurtriers des deux maréchaux, subit les arrogantes conditions du roi de Navarre, qui, sur l'appel du prévôt, vient trôner dans Paris; et, gardé à vue par ses ennemis, assiste à des armements dirigés ostensiblement contre lui. On pourrait croire que Marcel va enfin mettre librement à exécution ses « patriotiques projets. » Nullement. Son panégyriste est forcé de convenir que le gouvernement de Marcel n'apporta aucun soulagement aux souffrances du peuple (p. 186), et que « le plus grand obstacle au progrès de la cause populaire, c'est que le succès en paraissait désespéré à ceux-là même dont l'intérêt était de la soutenir » (p. 203). Comment alors demeurer de bonne foi le champion de ce Marcel que « la légalité, violée par un crime, avait délaissé pour toujours (1)? » Comment célébrer encore son « habile politique » et sa « sage modération » ?

---

(1) M. Michelet, t. III, p. 390.

Le masque allait achever de se détacher. Grâce à quelques serviteurs fidèles, le régent put se soustraire à l'odieuse tyrannie dont il était victime et s'échapper de Paris. Marcel sévit avec fureur contre ceux qui avaient favorisé la fuite du dauphin, et « tout en désirant encore la paix, à ce que prétend son partial biographe, prépara la guerre. » On vit alors le dauphin faire appel à cette représentation des États dont on avait tant abusé contre lui ; on vit des assemblées, composées en majorité de membres de la noblesse, confirmer les réformes populaires de 1355 ; et, dans la réunion du 4 mai 1358, on vit sortir du « furieux esprit de réaction » qui animait ces « furieux de Compiègne » une mémorable ordonnance rendue par le régent dans le libre exercice de son pouvoir, ordonnance par laquelle, en proscrivant les entraînements de la passion révolutionnaire, il consacrait tout ce qu'il y avait eu de sain et de généreux dans le mouvement de 1355, et assignait lui-même des bornes aux prérogatives royales. Il faut convenir que « l'esprit de violence » de ces « hobereaux » valait bien l'inaltérable « modération » du prévôt des marchands. M. Perrens ne saurait nier les résultats de l'assemblée de Compiègne. Mais l'acte d'accusation dressé, vers cette époque (où l'auteur a-t-il vu que ce fut par les États ?), contre Robert Le Coq, l'un de ces « calomniés » que la générosité de M. Perrens couvre de sa protection, lui inspire une indignation qui ne lui permet pas d'envisager de sang-froid l'œuvre des « réactionnaires. »

Étienne Marcel sentit bien que la sage et habile politique du régent lui portait le coup de grâce. Aussi, nous dit son biographe, « il souhaitait toujours un arrangement qui, en mettant d'accord le régent, le roi de Navarre et le Corps municipal de Paris (il n'est plus question des États : c'est bien la *Commune*, comme le dit M. Michelet), assurerait à la cause nationale toutes les forces dont disposaient les deux princes, et permit, à la faveur de leur rivalité, *à la fois entretenue et contenue*, de sauver le royaume. » Cette curieuse solution ne put malheureusement être expérimentée. Le régent comprit que « si l'on venait le supplier, c'est qu'on le croyait nécessaire, » et il eut le bon sens de résister aux instances intéressées de Marcel.

C'est alors qu'éclata ce terrible soulèvement qui, s'il ne fut pas provoqué par Marcel, servait trop bien ses desseins pour n'être point encouragé par lui. *La Jacquerie* commença avec toutes ses horreurs, que l'on s'efforce en vain d'atténuer. J'accorde que la longue et effroyable oppression sous laquelle gémissaient les populations des campagnes leur ait mis les armes à la main. Mais l'histoire, dans sa sévère justice, flétrit les représailles, de quelque côté qu'elles viennent ; elle reste fidèle au précepte évangélique, devenu la loi des sociétés chrétiennes, et qu'on n'enfreint jamais sans crime. Qu'on ne vienne donc pas, sur de futiles raisons, absoudre ces fureurs, et nous dire : que « les Jacques ne firent rien qu'on ne fît avant eux et qu'on n'ait fait depuis; » qu'il n'y eut *que* « des châteaux pillés, brûlés et rasés, des chevaliers morts, *quelques* femmes « efforcées, » *quelques* enfants méchamment tués, c'est-à-dire ce qu'on voit dans toutes les guerres, même aux siècles les plus polis et les plus ouverts aux sentiments d'humanité. » Toutes les guerres sont-elles *horribles?* toutes les luttes *barbares?* C'est à vous que j'emprunte ces expressions; c'est vous qui parlez de « terribles exemples, » de trois cents châteaux environ détruits, de « familles entières égorgées sans pitié. » Laissez-moi une fois encore vous faire entendre les écrivains de votre école. Ecoutez M. H. Martin : « Les scènes de la révolte des noirs à Saint-Domingue peuvent seules donner une idée de ce qui se passa dans les châteaux envahis par les Jacques. » Ecoutez M. Michelet : « Ce fut une vengeance de désespérés, de damnés... Ils n'égorgeaient pas seulement leurs seigneurs, mais tâchaient d'exterminer les familles, tuant les jeunes héritiers, tuant l'honneur en violant les dames... C'étaient des *sauvages*, des *bêtes farouches*. » Et les traits rapportés ici ne sont point empruntés à Froissart, qui « donne pourtant aux faits leur véritable caractère par les circonstances et les détails » qu'il relate (1), mais à Jean de Venète, ce défenseur ardent et convaincu des classes populaires, à Jean de Venète qui, dans sa gravité magistrale, donne le dernier mot de cette monstrueuse affaire (*negotium monstruosum*) : « Ceux mêmes qui, en se plaçant à leur point de vue, avaient d'abord paru céder à un certain besoin de justice, — opprimés qu'ils étaient par leurs seigneurs qui auraient dû les défendre, — tombèrent dans la licence et le crime (2). »

C'est donc une nouvelle tache à la mémoire de Marcel que sa participation à la Jacquerie. En vain cherche-t-on à le justifier en invoquant la flétrissure par lui infligée aux cruautés effroyables des Jacques. Il est impossible de méconnaître cette « hideuse alliance » (le mot est de M. Michelet), et la solidarité qui en résulte aux yeux de l'histoire. Quand on accepte de tels auxiliaires, on compromet à jamais sa cause, on sacrifie sa renommée à une ambition qui ne recule devant aucun moyen.

Trois semaines de Jacquerie suffirent pour provoquer une réaction aussi sanglante qu'inévitable. C'est une triste conséquence des insurrections populaires que, loin d'atteindre leur but, elles ne font le plus souvent qu'augmenter les maux et redoubler les rigueurs. Les nobles ne mirent pas plus de modération dans la répression que les paysans n'avaient mis de réserve dans la révolte. Charles-le-Mauvais, l'ami des meneurs révolutionnaires, fut implacable entre tous dans la sévérité du châtiment. L'heure du roi de Navarre approchait : après les courses dévastatrices des lieutenants de

---

(1) Arrange qui pourra cette nouvelle contradiction de M. Perrens.

(2) *Chronique de Nangis et de ses continuateurs*, publ. par H. Géraud, t. II, p. 264.

Marcel autour de Paris, après l'attaque infructueuse du marché de Meaux,
où « deux aventuriers (1), qui venaient de *gagner leur paradis* en combat-
tant les païens de Prusse » (p. 260), sauvèrent la duchesse de Normandie et
un grand nombre de dames des fureurs populaires. Marcel ne se fit plus
d'illusions sur « l'impuissance des Parisiens réduits à eux-mêmes ; il pensa
que le moment était venu d'appeler le roi de Navarre à leur secours. »
« Le choix d'un tel protecteur montrait bien à quelles extrémités la cause
populaire était réduite ; » mais Marcel « n'avait plus le choix des alliés. »
« Le plus énergique soutien de la cause populaire » s'abandonna à l'ex-
terminateur des Jacques et au féroce meurtrier de leur chef Guillaume
Cale. Il est vrai qu'un revirement merveilleux s'était opéré dans l'esprit du
roi de Navarre : « Il faisait résolument cause commune avec le peuple et
paraissait prêt à lui dévouer sa vie. » Charles-le-Mauvais accourut ; il fut
acclamé capitaine de Paris. Quelques jours plus tard, au retour d'une
expédition manquée contre les troupes du régent, l'impopularité était déjà
venue pour lui, et il était contraint de se retirer à Saint-Denis.

Etienne Marcel voyait tous les instruments se briser entre ses mains. Son
ascendant était sérieusement compromis ; il y porta un coup mortel en
traitant avec les compagnies et en les prenant à sa solde. « De jour en jour
il devenait moins populaire. » Il tenta un effort désespéré pour se rapprocher du dauphin : curieux hommage rendu à cette royauté qu'il avait tant
ébranlée et que tout-à-l'heure il s'efforcera de renverser. « Il faudrait voir
dans cette démarche, dit M. Perrens, une faute politique, si le sentiment
de son impuissance finale ne l'eût condamné à cette tentative suprême. »
« Dans tous les cas, ajoute-t-il, ces efforts répétés sont une marque nouvelle de la modération de Marcel et du désir sincère qu'il éprouvait encore
de ne livrer ni le royaume, ni ses amis, ni lui-même à un prince dont il
n'était pas sûr, à ce roi de Navarre qui ne cherchait en toutes choses que
ce qui pouvait servir son ambition. »

Que voulait donc Etienne Marcel ? Le moment est venu de rechercher
ce qu'il y avait au fond de ces « patriotiques projets » si longtemps voilés
par le complaisant biographe. « Marcel, nous dit-il, souhaitait de former,
à l'exemple de Jacques Artevelde, une confédération des principales villes
du royaume sous un protecteur de leur choix à qui elles auraient imposé
d'étroites conditions. » Et ailleurs : « Mais avant de tout perdre pour tout
sauver, il restait fidèle aux projets de ses meilleurs jours et ne voyait encore
le salut de la France que dans le règne de la bourgeoisie, la confédération
des bonnes villes, l'alliance avec les communes flamandes et la direction
suprême des Etats-Généraux. » Et encore : « Ce qu'il souhaitait avant tout,

---

(1) Ces deux *aventuriers* n'étaient autres que le brillant comte de Foix et le célèbre
captal de Buch.

c'était de gouverner au nom du régent, dont l'autorité légitime levait tous les embarras et tous les obstacles... De là ses efforts pour gagner le régent à la cause nationale, et, quand il désespéra d'y réussir, pour achever de le ruiner dans l'esprit des bourgeois. »

Je n'examinerai pas les assertions de M. Perrens : cela nous mènerait trop loin. Je me bornerai à rappeler comment l'auteur entend cette *direction suprême* des Etats-Généraux, dont Marcel devait « moins exécuter les volontés que leur faire adopter les siennes, » et à faire observer que les efforts de réconciliation avec le dauphin ne pouvaient guère être sincères après tous les *gages* que ce prince avait reçus.

Quoi qu'il en soit des véritables desseins du prévôt des marchands, il n'en échoua pas moins dans sa « tentative suprême. » Le régent répondit en venant camper avec une armée sous les murs de Paris. « Modéré dans ce danger extrême comme il le fut durant toute sa vie publique, à la réserve du jour où il fit mettre à mort les maréchaux, » Marcel ne voulait pas combattre le jeune prince ; mais « il dut céder quelquefois à l'ardeur des Parisiens, afin qu'elle ne se tournât pas contre lui-même. » « Ne pouvant plus compter sur personne, » il a recours à tous les expédients : il travaille d'un côté à empêcher un rapprochement entre les Parisiens et le régent ; de l'autre, il cherche, au moyen de promesses honteuses, à conserver l'appui du roi de Navarre. Il soudoie avec une coupable largesse les mercenaires de Charles-le-Mauvais, et devient chaque jour plus odieux à un peuple las de la guerre, hostile au Navarrais, ennemi acharné des compagnies. Au milieu des alternatives de cette agonie des derniers jours, il trahit non-seulement la royauté qu'il a juré de servir, le peuple dont il s'est déclaré le défenseur, mais jusqu'aux Parisiens qu'il a mission de protéger et qu'il livre à leur plus mortel ennemi.

Ce dénouement des « patriotiques projets » de Marcel inspire à son biographe de singulières réflexions. Forcé de constater que « les esprits politiques commençaient à voir dans le rétablissement de l'autorité légitime la fin de leurs souffrances, » il déclare que Marcel « n'eut pas été loin de s'y rendre, s'il n'avait eu à défendre la tête de ses amis en même temps que la sienne. » Tout en sentant qu'il ne pouvait compter sur l'appui des peuples pour sa « révolution dynastique, » « Etienne Marcel n'ignorait pas qu'incapables, pour l'ordinaire, de prendre ces résolutions soudaines qui décident des événements, ils se soumettent aux mesures qu'on a prises *sans eux* et CONTRE EUX, et que, pour les gagner, ou du moins *pour leur imposer silence*, il n'y a qu'à ne pas leur donner le temps de se reconnaître. » Et M. Perrens conclut : « L'entreprise pouvait donc être tentée quand tout autre moyen de salut échappait à *la cause populaire* (1). »

---

(1) *La cause populaire !* Ainsi, on agit *sans* le peuple, *contre* le peuple, et c'est la cause populaire !

Quoiqu'en dise M. Perrens, quelque apologie qu'il présente de cet *esca-motage* des volontés nationales, dont notre temps a offert plus d'un éclatant et triste exemple, le rôle de Marcel n'en est pas moins coupable. Aussi les Parisiens, ne voyant plus en lui que l'homme du roi de Navarre, l'accueillent désormais par des huées. Une légitime réaction contre cette dictature funeste, qui livrait la France à d'indignes mains, éclate enfin au sein de la capitale, terrifiée par la présence des mercenaires *anglais* (1) de Charles-le-Mauvais. Ne voyons pas dans les chefs de la réaction, dans ces « hommes de mérite et de considération, » comme les désigne ironiquement M. Perrens d'après « les historiens, » des « conjurés qui se proposaient de réta-blir l'autorité royale par le meurtre et la trahison. » Non, ce n'était pas une « conjuration » que la résistance courageuse au joug abhorré du prévôt des marchands. *Perfidie, trahison, meurtre*, ces mots s'appliquent bien mieux à celui qui, sous le vain prétexte du bien public, sacrifie tout à une coupable ambition, qu'au généreux citoyen qui abandonne son ancien *compère*, dont il a pénétré les trames (2), pour rendre la paix à la France en relevant l'autorité légitime. Malgré l'assertion de M. Perrens, « la forte intelligence des chefs de la bourgeoisie » ne comprenait guère, en ces temps-là, « que la France n'appartenait ni à Jean, ni à Charles, et qu'elle devait être maîtresse d'elle-même. » Simon Maillard, assisté de Pépin des Essarts et de Jean de Charny, arrêta Marcel au moment où il allait tout mettre à la discrétion du roi de Navarre. Le prévôt tomba à la porte Saint-Antoine, frappé par des mains obscures. Avec lui périrent les principaux *conjurés* qui étaient entrés dans ses desseins.

La mission du biographe d'Etienne Marcel devrait être achevée. Mais M. Perrens a tenu à raconter la réaction monarchique qui suivit la période d'anarchie révolutionnaire, à montrer les idées de Marcel lui survivant et soulevant encore quelques têtes exaltées. La pensée qui a guidé l'auteur est transparente; à côté de l'apologie, que dis-je? de l'apothéose du trop célèbre prévôt des marchands, M. Perrens a tenu à placer un réquisitoire contre le dauphin. Je veux croire qu'il a cédé en cela à une fantaisie d'écrivain et qu'il a voulu obéir à la loi des contrastes. Comment expliquer autrement qu'ici (p. 323) M. Perrens constate les « acclamations bruyantes » qui

---

(1) Quoiqu'en dise M. Perrens, c'étaient bien des *Anglais*. Pierre d'Orgemont le répète à plusieurs reprises. Froissart le dit aussi. Et l'auteur lui-même nomme (p. 302) les *Anglais*.

(2) M. Perrens nie le projet prêté à Marcel de marquer à la craie les maisons de ses principaux adversaires pour les désigner à la mort, et il prétend que le fait est contesté par un contemporain, ordinairement bien informé. Jean de Venète atteste au contraire le fait très-formellement (t. II, p. 269). Le doute qu'il exprime, et dont M. Perrens veut tirer parti, ne tombe nullement sur ce point.

accueillirent le prince à son entrée dans Paris, et que là (p. 324) il prétende que « Marcel avait versé moins de sang en deux ans que le régent ne fit en un jour. » ? Comment comprendre, d'une part, les reproches adressés par l'auteur au régent pour n'avoir pas imposé silence aux rancunes de ses partisans et s'être souvenu des services de la bourgeoisie parisienne, et, de l'autre, cet aveu qui lui échappe : « Le régent ne pouvait se soustraire à ces exigences sans compromettre sa cause. » ? M. Perrens connaît-il dans l'histoire une réaction qui se soit accomplie sans violence? Pour rester dans la vérité, il faut dire que le dauphin, après avoir cédé un moment à une dure, mais inévitable nécessité, « sut contenir le zèle de ses amis et revint à des procédés plus conformes à son esprit et à son tempérament; » qu'il fit preuve alors d'une « facilité, » d'une « indulgence, » qui rétablirent la paix dans les esprits, et par suite dans le royaume. » M. Perrens acceptera-t-il cette conclusion? Lui qui a montré celui que l'histoire appelle Charles-le-Sage, si cruel, si avide de sang, si porté à se complaire au supplice de ses ennemis, qui a été jusqu'à le comparer à Vitellius, voudra-t-il reconnaître la douceur de tempérament et la modération d'esprit de ce prince? Il le faut bien; car l'apologiste du régent, c'est... M. Perrens lui-même. On voit qu'il est bon d'en appeler quelquefois à *Philippe à jeun.*

Reprenons les jugements de l'auteur sur son héros.

Etienne Marcel n'a pas conjuré contre l'autorité royale : « Quand il essaya de fonder quelque chose en France, il n'y avait plus rien qui fut debout, puisque le dauphin ni la noblesse n'étaient en état de gouverner. La place était vide, il crut que les Etats-Généraux pourraient la remplir. Il donna des règles de gouvernement si admirables que les uns disent qu'elles furent toutes successivement adoptées par nos rois, et les autres, qu'elles étaient dignes des temps modernes. Ainsi, l'autorité, perdue par l'incapacité et l'incurie des Valois, se relevait par les mains de Marcel, an moyen d'un *déplacement* le plus légitime du monde. »

Les faits ont répondu. On a vu comment Marcel entendait cette royauté des Etats-Généraux; comment il releva l'autorité; on sait si c'est à lui qu'il faut attribuer ces *règles de gouvernement* que, loin d'avoir données, il ruina par ses emportements; on a vu de quelle façon ce dictateur implacable fut conduit à renverser l'ouvrage construit de ses propres mains, à substituer la *terreur* au règne légal des Etats, à renverser enfin le trône des Valois, *conjurant* ainsi à la fois contre les lois du pays et le vœu populaire.

« Etienne Marcel, loin d'avoir été ambitieux, fut désintéressé. »

Les raisons alléguées ici par M. Perrens sont trop peu sérieuses pour que nous y insistions. L'évidence ne se démontre pas : or, s'il est quelque chose d'évident, c'est que la plus persistante et la plus odieuse ambition inspira Marcel pendant sa carrière.

« Il serait désirable, poursuit l'enthousiaste biographe, qu'on put aussi facilement laver Marcel du reproche d'avoir versé le sang. »

Sur ce point, on l'a vu, M. Perrens est forcé de condamner Marcel, mais en s'efforçant encore de le justifier, ou tout au moins de l'excuser.

Enfin, Etienne Marcel, même en livrant le royaume au roi de Navarre, n'a pas trahi : « Changer la dynastie, ce n'était pas trahir la France, du moins *selon les idées modernes*, qui, dans une certaine mesure, étaient les siennes. Pour condamner Marcel sur ce point, il faut supposer qu'une révolution dynastique ne pouvait s'accomplir sans le secours des Anglais. Or, loin de leur être favorable, Charles-le-Mauvais eut bien mieux préservé la France de leurs envahissements que Jean-le-Bon. Un changement de dynastie eût donc été à cette époque et dans ces circonstances l'entreprise la plus hostile aux Anglais, et par conséquent la plus nationale qu'on put essayer. »

Que font ici les *idées modernes?* Vous rappelez-vous ces historiens du temps de Louis XIV, qui transportaient à la cour des rois Francs les usages, les cérémonies et jusqu'à l'étiquette de Versailles? M. Perrens fait quelque chose d'analogue. Etait-il donc question en France de souveraineté du peuple au XIVe siècle? — Marcel n'a pas trahi! Mais c'est dans votre livre que je lis ces lignes : « Aux yeux des Parisiens, qui ne souhaitaient plus, pour la plupart, que de faire leur paix avec le régent, ce projet pouvait passer pour une TRAHISON. » Et n'est-ce pas vous qui, vous infligeant à vous-même un de ces démentis auxquels vous nous avez habitué, écrivez : « Une révolution dynastique à laquelle les esprits n'étaient point préparés et qui pouvait provoquer des discordes intestines, n'était pas moins funeste que la guerre avec les Anglais? » Donc, ce n'était pas là « l'entreprise la plus nationale! »

Mais la nation, M. Perrens en fait bon marché. On sait déjà comment il entend, avec Marcel, la représentation populaire; on sait quel compte il tient du vœu populaire ; on va voir le dédain qu'il professe pour le peuple. Il n'est pas sans utilité d'insister sur de telles appréciations; elles sont instructives : « Le *menu peuple* des villes et des campagnes était si inférieur à la bourgeoisie par le développement de l'intelligence qu'on ne pouvait aisément lui faire comprendre ni ce qu'exigeait la justice, ni *ce que demandaient ses propres intérêts* ; et c'est quand son secours était le plus nécessaire qu'il donnait *les plus graves embarras...* Si les paysans du XIXe siècle, au sein d'une prospérité dont on n'avait au moyen-âge aucune idée, n'ont d'autre souci que d'observer les variations de la température qui leur apporté la disette ou l'abondance; s'ils sont ignorants encore et superstitieux; s'ils se montrent indifférents aux idées de bonne administration, de grandeur, de progrès, ou *incapables de les comprendre*; s'ils ne voient point toute la différence qu'il y a, pour le bonheur des peuples, entre un bon gouvernement et un mauvais (entre le gouvernement de Marcel, par exemple, et celui de Charles-le-Sage), combien les serfs, dans ces temps de misère, n'étaient-ils pas plus éloignés de seconder les efforts intelligents des bourgeois...... Il ne manqua à ces bourgeois que de s'entendre et de s'unir plus librement; quant aux paysans et aux serfs, jusqu'à ce que leur intelligence se fut exercée, on devait agir *sans eux et dans leur intérêt*, qui n'était autre que celui des bourgeois (pp. 4, 78, 38). » Enfin M. Perrens couronne cette appréciation en désignant la bourgeoisie sous le nom de *démocratie* et le peuple sous celui de *démagogie* (p. 168).

Si M. Perrens méprise le peuple, en revanche, il n'a jamais trop d'éloges pour l'admirable intelligence, le sens pratique, le génie de ces bourgeois, auxquels il attribue exclusivement le mouvement libéral du XIVe siècle. Or, voici ce que pense à ce sujet un écrivain qui ne sera pas suspect à M. Perrens : « Habitués à être gouvernés, dit M. Théophile Lavallée, ces gens de métier ne touchaient au gouvernement que parce qu'un roi *inepte* les forçait de le faire. Leur dévouement et leur énergie ne pouvaient effacer leur ignorance et leur incapacité; ils ne devaient faire que des fautes. » Et si M. Perrens persiste dans son aveugle enthousiasme, nous lui rappellerons qu'il a signalé quelque part « l'insuffisance des députés du tiers. »

Avant de quitter l'auteur d'*Etienne Marcel*, il faut nous arrêter un instant à deux réhabilitations étranges, mentionnées au début de cette étude, celles de Robert Le Coq et de Charles-le-Mauvais.

« Robert Le Coq, dit M. Perrens, jusqu'à présent n'a rencontré personne qui voulut prendre sa défense (1). La vérité sur ce caractère obscurci par la calomnie est que l'évêque de Laon connaissait depuis longtemps les défauts de son maître (Jean II), et que les relations suivies qu'il fut forcé d'avoir avec le Navarrais lui firent faire une comparaison qui n'était pas à l'avantage du roi de France. Aussi prit-il pour Charles de Navarre un goût qu'expliquent l'intelligence déliée, l'esprit cultivé et les séduisantes qualités de ce prince. Il paraît en outre que Robert Le Coq était d'une grande hardiesse de paroles. Son caractère de prêtre, la pureté de ses mœurs expliquent assez qu'il ait pu dire que le roi Jean était « de très-mauvais sang et pourri, qu'il ne valait rien, n'était pas digne d'être roi, et avait fait mourir sa femme; » propos inconsidérés peut-être, mais

---

(1) Je pourrais faire observer à l'auteur qu'il a été devancé dans sa tentative par M. H. Martin; mais je lui en laisserai volontiers l'honneur.

fondés pour la plupart (1), et qui ne pouvaient échapper qu'à un esprit libre et sincère. Ils ne sauraient le faire taxer d'ingratitude. Si Le Coq en usa librement avec le roi son bienfaiteur et le dauphin qui pouvait l'être, c'est que la haine du mal dominait en lui l'ambition. Robert Le Coq n'eut pas de plus ardent désir que de supprimer les abus. Lorsqu'il vit qu'on n'obtenait rien ni du roi ni de ses fils, il dut penser qu'il aurait été heureux pour la France que les droits que Charles de Navarre tenait de sa mère l'eussent porté sur le trône ; mais il alla au plus pressé et se tourna vers Marcel, qui n'eut pas de plus zélé partisan que lui. Sa modération n'eut d'égale que sa fermeté. Son désir le plus ardent était d'assurer le règne des Etats-Généraux ; il gagna l'affection des peuples. Il a suffi de la haine intéressée des officiers royaux pour tromper sur cet homme illustre et honnête l'histoire et la postérité. » (2)

Tels sont les traits sous lesquels on représente l'homme qui paya de la plus noire ingratitude les innombrables bienfaits de la royauté (3), outragea par d'indignes propos la majesté royale, trahit le dauphin dont il était le conseiller, et fut l'âme damnée de Charles-le-Mauvais !

Mais ce qui semblera plus inoui encore, c'est l'apologie du *démon de la France*.

« A quoi tiennent les réputations dans l'histoire ! s'écrie M. Perrens. Tout jeune encore, Charles d'Evreux fut appelé par ses sujets des Pyrénées *Charles-le-Mauvais*, pour avoir puni avec sévérité une conspiration qui avait éclaté contre lui avant qu'on pût le connaître. Le roi de Navarre est une *victime* : victime des injustes rigueurs de la royauté, victime des passions des chroniqueurs. Assurément, il ne fut pas ce qu'on appellerait de nos jours un honnête homme : on peut lui reprocher d'avoir été un ambitieux et un artisan d'intrigues ; sa parole n'était pas sûre, et il n'avait pas cette horreur du meurtre et du sang qu'une civilisation plus avancée pouvait seule inspirer. Mais c'étaient là jeux de princes. Jean-le-Bon fut-il plus religieux observateur de ses promesses et de la foi jurée ? Les meurtres de celui-ci sont incontestables, tandis que ceux qui pèsent sur la mémoire de Charles-le-Mauvais sont, pour la plupart, ou douteux ou invraisemblables, et certainement moins nombreux. Tout porte à croire qu'il est innocent du meurtre de Charles d'Espagne ; le complot contre le

---

(1) « Il faut croire, dit ailleurs M. Perrens (p. 367), que la malice de ses ennemis lui a *prêté* gratuitement bien des propos inconsidérés. »

(2) Pages 86-88, 219, 366-368.

(3) « Quand la révolution éclata, lisons-nous dans M. Perrens, il avait reçu de Jean-le-Bon toutes les faveurs imaginables, à la réserve de la charge de chancelier de France, qui n'était pas vacante, et du chapeau de cardinal. »

roi Jean est une fable; l'accusation d'empoisonnement du dauphin, le résultat d'une erreur; la tentative de 1377 est *mal prouvée*. Le roi de Navarre sut toujours mettre de son côté la justice et la modération. Il éprouvait pour les Anglais une haine héréditaire qu'il avait sucée avec le lait et dont il ne pouvait se défendre. En un mot, ce prince, que la cour poursuivait de sa haine, était le plus aimable des hommes et, selon toute apparence, le plus capable de supporter le poids du gouvernement. » (1)

Je ne chercherai pas à rétablir les véritables traits de Charles-le-Mauvais. Chacun peut reconnaître ce qu'il y a d'exagéré, de faux, d'aveugle, dans l'apologie si malencontreusement tentée par M. Perrens. Je me bornerai à répéter avec Mézeray : « Le roy de Navarre avoit toutes les bonnes qualitez qu'une meschante âme rend pernicieuses, l'esprit, l'éloquence, l'adresse, la hardiesse et la liberté. » Plus les dons sont merveilleux, plus le crime est détestable.

En terminant, je relèverai un dernier trait de l'auteur qui m'a fourni le sujet de cette trop longue étude. M. Perrens a une fougue qu'il ne peut maîtriser et qui lui fait commettre d'étranges inconséquences. Ici, il déclarera que tel historien, Villani, par exemple, « accueille trop facilement tous les bruits et est trop éloigné des événements pour qu'il soit prudent de s'en rapporter à lui quand on veut savoir l'exacte vérité des faits » (p. 71); là il adoptera aveuglément ses assertions accusatrices ou ses trompeuses apologies (pp. 71, 83, 345). Il se servira d'un témoignage quand il lui est favorable, et le rejettera s'il lui est contraire. Tantôt il dira que le roi de Navarre « faisait résolument cause commune avec le peuple et paraissait prêt à lui dévouer sa vie » (p. 277); tantôt qu'il « ne cherchait en toutes choses que ce qui pouvait servir son ambition » (p. 281). Il prétendra que Marcel, en se réconciliant avec le dauphin, consentait à perdre tous ses emplois et à rentrer dans la vie privée, et il conviendra qu'il ne voulait se rapprocher du prince que pour régner sous son nom. Enfin, il dressera contre une de nos gloires monarchiques un monstrueux échafaudage de calomnies et d'invectives, et il se démentira l'instant d'après en disant : « On ne pouvait reprocher justement à ce jeune prince que sa mauvaise foi ; *tout le reste n'était que récriminations vagues et calomnies.* »

On est édifié, ce me semble, sur la valeur de l'œuvre de M. Perrens. Historien, il travestit les faits et renverse tous les rôles ; Français, il outrage le passé et renie nos plus pures illustrations. Il fait la leçon à ses devanciers, et il tombe dans mille erreurs qu'il serait fastidieux de rele-

---

(1) Pages 46, 47, 48, 58 et suiv., 62, 63, 66, 86, etc.

ver ; il se dit *paléographe*, et il publie des textes d'une incorrection inouïe ;
enfin, il se croit libéral, et il sacrifie sans pudeur la liberté à la « dictature démocratique et à la terreur exercée au nom du bien commun, » pour
citer en finissant l'historien illustre (1) qui, du fond de sa tombe, inflige
un solennel démenti aux apologies inconsidérées comme aux funestes doc-
trines du biographe d'Etienne Marcel.

---

(1) Augustin Thierry.